啊，顯微膠卷不見了！
可惡！快把那個傢伙給我抓回來！
哐
本想趁著夜色行動掩護行蹤逃走，可是現在天快亮了。
真糟糕，我的這身裝扮實在是太顯眼了。

如果這個
消息傳得夠遠的話，
你就會知道，
有一個顯微膠卷，據說存放了足以
讓全世界陷入混亂的祕密資料，
而這個顯微膠卷，
被邪惡組織「變色龍黨」給偷走了。
有位女間諜接到命令，
要將顯微膠卷拿回來。
當她總算完成了任務，
才要從敵方的祕密指揮所逃走時，
卻受到一大群追捕者緊追在後，
想從她手中奪回顯微膠卷。
於是——
祕密指揮所
就是地下組織的總部

怪傑佐羅力之神祕間諜與巧克力

文·圖 **原裕** 譯 周姚萍

女間諜打算混進人群中逃跑，因此趁機躲入了附近的商店街。
帕姆商店街
中野烘焙

就在這個時候，佐羅力他們正在商店街的抽獎處準備一決勝負。

他們從來商店街買東西的阿姨們手中一張一張收集抽獎點數，終於集滿能夠轉動一次抽獎機的機會啦。

已經三天沒吃進任何一口食物的三人，他們心中最想得到的

笨蛋，要勇敢做大夢。
就算是最差的獎品也還有一片仙貝耶。
幸運大獎抽獎處
1 雙人夏威夷旅行 5天4夜 ○金色球
2 高級時尚女裝 ○銀色球
3 超豪華晚餐 ○粉色球 （最高級餐廳）
4 名牌圍巾 ○黃色球
5 毛巾禮盒 ○藍色球
6 仙貝一片

當然是食物囉。
三獎的豪華晚餐
正是他們夢想中的目標。
於是，三個人的手
一起放上抽獎機，
虔誠祈禱，
然後，
轉動把手。

嘎啦嘎啦嘎啦
一定要抽中豪華晚餐！
神哪、佛啊，請保佑我們。
YUNPAMU
商店街

恭喜 各位啦——
恭喜你們得到第二大獎，也就是價值相當於三十萬元的高級時尚女裝。
咔啷咔啷咔啷咔啷

三個人聽到這麼響亮的道賀聲，卻沮喪的垂下肩膀。

不管是價值多麼昂貴

的獎品，
如果不能填飽肚子，
對現在的佐羅力他們來說，
都是大大的希望落空哪。
「喂，這件女裝可以換成
第六獎的仙貝二十片嗎？」
佐羅力一提出這個衷心的請求，
負責抽獎事務的大叔露出
非常驚訝的表情說：

還不如得到最小獎咧。
就是啊……

「那樣不是太可惜了嗎？
這可是全世界都不會再有第二件的高級女裝耶！
錯過這次，以後就沒機會了喲。
像您這樣的帥哥如果可以為您將來的夫人帶走它，
這樣不是很棒嗎？」

「嘿嘿，是嗎？現在我還沒這個打算呢——」

儘管佐羅力這麼說，他腦中卻開始想像
未來他的新娘穿上這件洋裝的模樣，
臉上也因此浮現出笑容。

就在這時，
咚！
一個人撞上佐羅力，
那是……
抽大獎

剛剛的那位女間諜。「抱歉，請幫幫我。有一個跟蹤狂一直緊緊跟著我。」女間諜突然對佐羅力說出隨意編造的謊言。

跟蹤狂

指那種儘管受到對方厭惡，仍然緊跟著對方不放的人。

佐羅力聽了覺得很驚訝，
不過，等他看清楚女孩的模樣後，
便開口對她說：
「你的這身裝扮太顯眼了。
啊，對了！就帶著
這件衣服先去換裝吧。」
佐羅力抱緊那件高級女裝，
拉起女孩的手，
跑進斜對面的遊戲中心。

一來到拍攝大頭貼的機器前，
佐羅力便將抽中的衣服
交到女孩手上。
「快，快到裡面換上吧。」
之後佐羅力
還變身成怪傑佐羅力，
神采奕奕的在外面等候，
同時四處張望
看有沒有可疑的人物出現。

大頭貼機器的簾子打開了，
女孩走了出來——

她美得令人目眩神迷。
佐羅力都看呆了，
這時，在他身後的
伊豬豬和魯豬豬
悄悄對他說：

佐羅力大師，好神耶！這件女裝明明是意外抽到的，但是尺寸竟然跟她這麼合適！
簡直就像穿上玻璃鞋後完全合腳的灰姑娘嘛。佐羅力大師，她一定是你的真命天女。

衣服上的圖案
是我最喜歡的玫瑰呢。
我好開心哪。

「是、是嗎？

嘻嘻呵呵。」

佐羅力覺得有點害羞。

「你也變身成英姿煥發的模樣啦，
那我一定要和你合拍一張
大頭貼。」

女間諜拉起佐羅力的手，
一起走進大頭貼機器裡。

然而，實際上——

哇～
好積極主動喔～

是因為女間諜已經察覺追趕她的人，
也跑進遊戲中心來，
她才會這麼做。
完全不知情的佐羅力，
興沖沖與女間諜
一起拍了大頭貼。
女間諜悄悄掀開簾子，
不曉得追趕她的人是不是已經離開了，
佐羅力對她說：

「那個跟蹤狂說不定還在這附近，
拜託你，再繼續假裝成
我的男朋友一陣子，好嗎？」
佐羅力完全沒有拒絕的理由。
「如、如果你覺得我可以的話……」
「真的嗎？太謝謝你了。」
女孩露出高興的表情
與佐羅力手挽著手，
走進裝潢時尚的咖啡廳。

他們才坐下來，女間諜就握緊佐羅力的手，凝視著他的雙眼說：

「我叫蘿絲。多虧有你的幫助，我才能得救。」

佐羅力微微紅了臉，害羞的說：

「我叫佐羅力。這只是我該做的而已啦，呵呵呵。」

這時候，
伊豬豬和魯豬豬
也拿著製作好的大頭貼過來。
「哇，拍得真好呢。
一共有兩張，
我們各拿一張當作紀念吧。」
蘿絲將其中一張大頭貼
遞到佐羅力的手中。
突然間——

大頭貼照片的四周
以蘿絲最喜歡的玫
作為裝飾。

伊豬豬和魯豬豬的肚子發出了

咕嚕嚕嚕嚕
嗚嗚嗚～～

的巨大聲響。

「唉呀，你們兩個肚子餓了耶。為了表達我的謝意，就由我來招待你們吃蛋糕、喝咖啡吧。請看看你們想吃點什麼。」

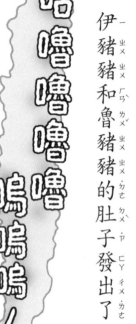

「真、真的嗎？」

伊豬豬和魯豬豬一邊流口水，一邊拿起菜單，認真盯著看。

「佐羅力先生，我去補一下妝。」

蘿絲從座位上站起來，走到佐羅力他們看不到的地方，

嘿嘿嘿，本大爺也想點蛋糕吃，可以嗎？
當然可以囉。

她立刻打電話回間諜本部。

報告，老闆，我已經順利拿回顯微膠卷了，不過，我也被變色龍黨的人發現了。我正想盡辦法逃開追捕，現在藏身在咖啡廳裡面，但是這附近敵人太多了。
這個顯微膠卷很重要，如果再次落入變色龍黨的成員手中，將會引起世界大亂，所以絕對不能讓他們搶走膠卷。

明白了。但是我現在的處境很危險，請快點派人來把我接走。

了解。不過，你得做好萬全的準備，即使你不幸被敵人抓住，也一定要避免顯微膠卷落入他們的手裡。

面色凝重的蘿絲結束通話後，她的視線停留在收銀檯旁邊看了許久。那裡擺放著——

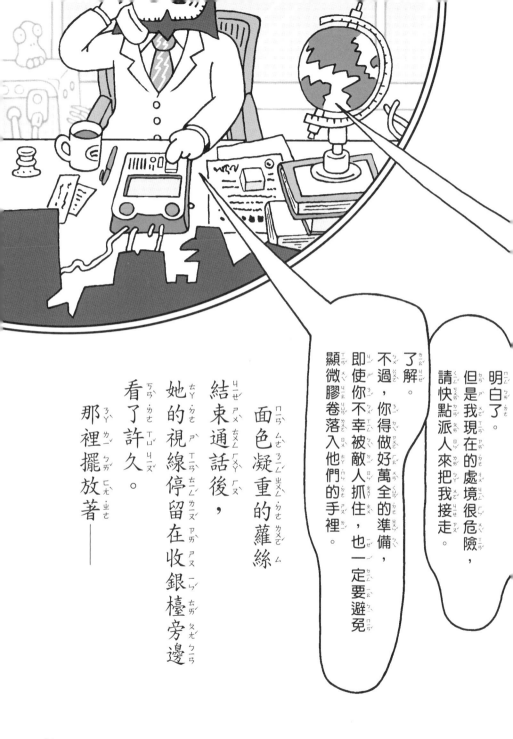

許多巧克力。

「原來今天是西洋情人節。啊，對了！」

靈光一閃的蘿絲，挑了店裡最貴的一盒三顆裝松露巧克力，拿到收銀檯前說：

「一盒這個，另外請再給我一片噗嚕嚕巧克力。還有那一桌的餐點消費也請一起幫我結帳。」

她指向佐羅力他們。
帳單上的金額比預期的更貴，
那是因為伊豬豬、魯豬豬
各點了一整個蛋糕
正在大吃特吃。
「那兩個傢伙
還真是有點厚臉皮哪。」
蘿絲不太高興的
走進化妝室。

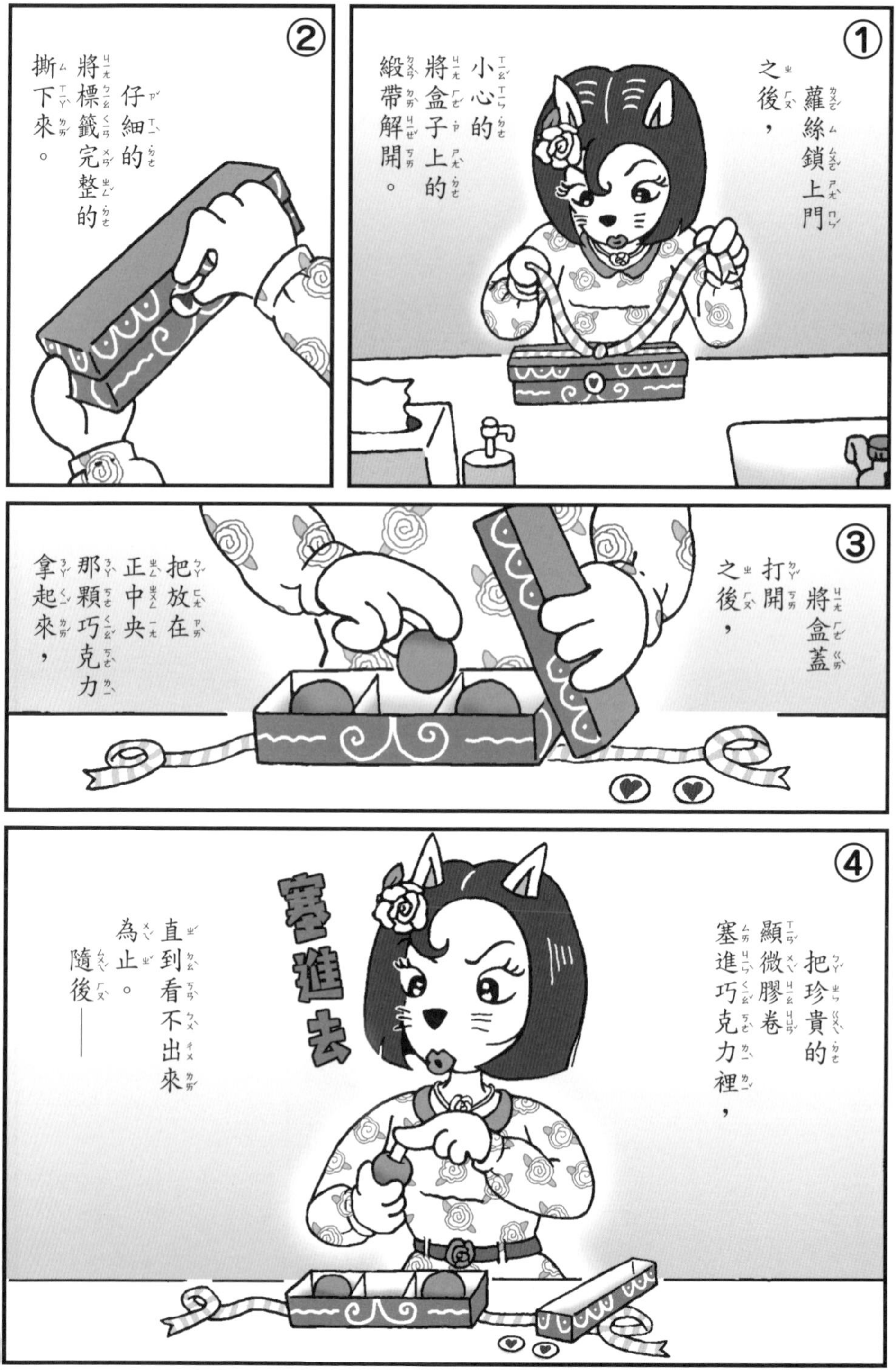
①
蘿絲鎖上門之後，
小心的將盒子上的緞帶解開。
②
仔細的將標籤完整的撕下來。
③
將盒蓋打開之後，
把放在正中央那顆巧克力拿起來，
④
把珍貴的顯微膠卷塞進巧克力裡，
直到看不出來為止。
隨後——
塞進去

⑤
將那顆巧克力
再次放回盒子裡，
⑥
重新蓋上盒蓋，
貼好標籤，
再綁上漂亮的蝴蝶結，
恢復松露巧克力原來的包裝模樣。
⑦
這時，蘿絲才捧著那盒松露巧克力，回到佐羅力他們身邊。
這個點子連我都覺得很棒呢。

蘿絲將裝有松露巧克力的禮盒，
遞到佐羅力面前。
「佐羅力先生，謝謝您的照顧，
這是我小小的心意，請您收下。」
她露出溫柔的微笑，
將巧克力連同一朵玫瑰花
送到佐羅力手中。
「我、我當然非常樂意收下。」
佐羅力很開心的收下禮物。

當蘿絲發現來接她的車子已經停在窗外，便開口說：

「餐點我已經結帳了，請你們慢慢享用吧。再見。」

她對佐羅力深深一鞠躬，接著快步走出咖啡廳。

「等等，請等等我。」

佐羅力將剩下的蛋糕塞進嘴裡，然後追了出去。

然而，四處都已經看不到蘿絲的蹤影了。

佐羅力沮喪的垂下肩膀。

這時，伊豬豬和魯豬豬很興奮的從店裡衝出來。

「佐羅力大師，今天是情人節耶！」

「那又怎樣呢？」

「佐羅力大師，在這樣的日子，
能夠收到蘿絲小姐親手送的、店裡最貴、
最高級的巧克力耶。」

「意思就是說，
這個巧克力絕對不是
只為了表達感謝的
友誼巧克力……」

「什麼！
那、那是……」

歡慶情人節～～
表達愛意的愛情巧克力～
絕對錯不了啦。蘿絲小姐一定是對佐羅力大師一見鍾情呢。
是——是這樣嗎？

我竟然沒察覺蘿絲的少女情懷……好，為了回應這份愛，本大爺一定要好好的守護我的蘿絲，絕不讓她落入跟蹤狂的魔掌之中！首先就以這張大頭貼當作線索開始打聽！非得盡快找出蘿絲不可。就這麼辦吧。
一定沒問題的啦。佐羅力大師，如果她是你的真命天女，你們會再相見的。
沒錯！
而此時，佐羅力他們正在尋找的對象蘿絲——

她一走出咖啡廳，就被變色龍黨的成員抓進一輛車子內帶走了。

儘管用搜尋顯微膠卷的儀器偵測了蘿絲全身，檢查儀器還是完全沒有任何反應。

「看吧，你們認錯人了吧！快點放我回去。」

「不，我們非常確定是你拿走顯微膠卷。快，快說你把它藏在哪裡！」

然而，蘿絲是一位專業的間諜。

她的臉上沒有絲毫懼色，

並且緊閉嘴巴不說一句話。

「好——看著吧，

等回到指揮所之後，

我會想辦法讓你開口的。」

變色龍黨的老大威脅恐嚇蘿絲。

不過就在此時，

車子後方——

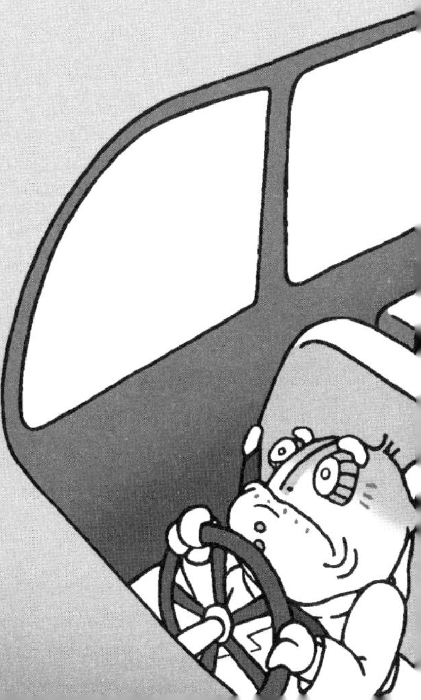

不知何時，出現了一輛倒著開的可疑車輛，緊追在後。
而且突然間，那輛車子的後車廂打開了，
後車廂裡慢慢的伸出一道滑梯——
彈開
哐啷—砰
嘶嚕嘶嚕嘶嚕嘶嚕
朝向蘿絲所乘坐的座位後方玻璃，直直撞了過去。
蘿絲立刻以雙腳對著前方座位的椅背一蹬、一躍，再往後一仰，
碰咚

讓身體躺在滑梯上，然後，往下滑了過去。
咻——
咻
當蘿絲一滑進那輛可疑車輛的後車廂之後，
咻咚！
那輛車子便以最快的速度，揚長而去。
由於事出突然，變色龍黨也只能呆呆的目送著車子遠離。

回到蘿絲所屬的間諜本部
乾掉的魚骨頭
舔過的糖球
還黏著焦糖的布丁容器
吃到一半的洋芋片
吃了一半的海苔便當
長滿尖刺的刺刺娃娃
嚼過的口香糖
沾到果汁的汙漬
喝過的果汁瓶

「怎麼樣呢？
蘿絲前輩，
我是不是技巧高超的
把你救出來啦？」
「算是啦，
不過，這個後車廂
是怎麼回事？
魯多急，我不是說過
要好好打掃的嗎？」

蘿絲一邊將身上的垃圾弄掉，一邊說：

「我在被敵方抓住的前一刻，將顯微膠卷藏進巧克力禮盒當中，交給這位叫做佐羅力的男子。請你幫忙去拿回顯微膠卷吧。」

蘿絲將她與佐羅力一起拍的大頭貼遞給魯多急。

「咦，請等等。這……」

突然間，魯多急的臉變得亮閃閃的。

這是我當間諜以來的第一個正式工作。但是，我、我一個人可以完成任務嗎？
哎喲，事情就演變成這樣，又有什麼辦法呢。而且，這個任務只是從一個普通人手上拿回巧克力禮盒而已，很簡單啦，快快完成就好。
呀呵——我總算等到正式的間諜工作了。

太好啦、太讚啦！一心嚮往成為間諜。我是間諜、間諜。從今天開始我是間諜，多開心哪——
一直喊著間諜、間諜、間諜，你呀，要是暴露了間諜的身分，馬上就會被開除。所謂的間諜，就是即使賠上性命，也不能暴露自己的身分。懂了嗎？
啊，對了、對了。

今天是情人節，所以你也有一份，來，接住這個。
哇，這個是巧克力耶，謝謝前輩。不過……
前輩，我們正在執行任務，不太適合收到愛的告白耶。
你在說什麼傻話呀，那只是友誼巧克力而已啦。
真是夠了！立刻給我出發去把顯微膠卷拿回來！
是，我這就出發。
鈴鈴鈴鈴鈴鈴鈴鈴鈴
啊，電話響了。

「啊，媽咪，嗯。那個——
現在，我有工作……咦？嗯，
幫你買東西？好，我知道了——
我現在就寫下來，
你等等。」

由於魯多急一時之間
沒能找到能用來寫筆記的紙張，
所以就在剛剛蘿絲交給他的
大頭貼背面，寫上：

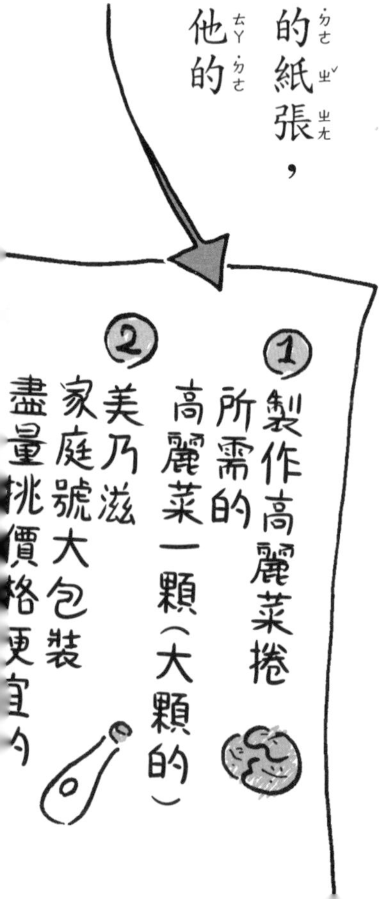
①製作高麗菜捲
所需的
高麗菜一顆（大顆的）
②美乃滋
家庭號大包裝
盡量挑價格更宜ㄉ

這樣就行啦

魯多急掛上電話後，
為了不要忘記
蘿絲的交代，
他還順便在後頭接著
記錄下這段文字。
「噢，我突然間
變成大忙人啦——」
魯多急一走出間諜本部，
馬上利用了祕密情報部門的祕密情報網——

③找到這張大頭貼上
那個叫做佐羅力的男子
從他手上
拿回藏著顯微膠卷的
巧克力禮盒

找到了販售最新鮮
高麗菜的超市，
並且在裡頭
挑選到又大、
水分特別飽滿、
口感特別鮮脆的
高麗菜。
產地直送
最好吃的
高麗菜
接著馬上
順道──

收集到附近商店
所有的傳單，
直接前往
降價後，
價格最優惠的
商店，
美乃滋每人
限購一瓶
排隊買到了
家庭號大包裝
美乃滋。

就好像電光火石，
我咻咻咻咻的，
就完成了
兩件工作，
接下來
就只剩下蘿絲
所交代的事啦。
然後，魯多急
連忙趕往
蘿絲所說的
咖啡廳附近，
他到了那裡一看……

電光火石

- 形容動作迅速就像是閃電或打火石的火光一閃，那樣的快速。

有了，有了。
坐在長椅上的，
絕對是大頭貼上的
佐羅力沒錯。
佐羅力將巧克力禮盒放在自己身旁，
目光專注的搜尋，
他想在來來往往的人潮中，
找尋蘿絲的身影。

現在正是
絕佳好機會！
然而，
手上還拿著超大高麗菜與
家庭號美乃滋，
魯多急很難採取行動——

於是，他將手上的東西拿給旁邊的人。

不好意思，可以麻煩你們幫我拿一下東西嗎？

接著，一身輕鬆的魯多急爬上長椅後的樹木，從上頭操控著蜘蛛機器人，想用它吊起巧克力禮盒。

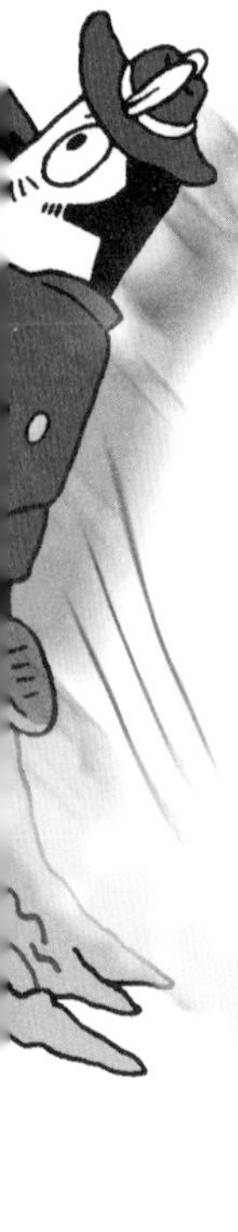

正全神貫注尋找蘿絲的佐羅力，
完全沒有注意到
就在他身後，
有一個蜘蛛機器人
想將他珍貴的
巧克力拿走。
就在這時——

佐羅力大師——
小心哪！
你的巧克力
快要被拿走啦。

大喊著跑過來的，是受魯多急拜託，
手上幫忙拿著高麗菜和美乃滋的伊豬豬與魯豬豬。
佐羅力慌忙扯住那個蜘蛛機器人，用力一拉，
魯多急就從他面前摔下來，
嚇了他一大跳。
更令他吃驚的是，

咦？
那兩個傢伙
也是同黨啊。

一張有佐羅力和蘿絲合照的大頭貼，以及一塊噗嚕嚕巧克力，居然從魯多急的懷中飛出來。

嗄？
這張大頭貼上面明明沒有他們兩個呀！
碰咚——！

快說！你是從哪裡拿到這張大頭貼照片？
是從公司的前輩那裡拿來的……
前輩？啊哈——我知道啦。原來，她說的跟蹤狂就是你呀！一定是你從公司的前輩蘿絲小姐那裡收到了友誼巧克力後，正高興得手舞足蹈時，卻發現這張大頭貼照片。蘿絲小姐告訴你，她將愛情巧克力送給了我，你氣得抓狂，所以就跑來這裡想要搶走巧克力，對不對？嗯，一定是這樣沒錯。
不，我、我是間諜……

什麼！你是間諜？
啊，不是不是，不是這樣啦。那個——我是說要用那個「堅鐵」做成的機器人拿走巧克力……
你到底在講什麼啊？聽都聽不懂。我說你啊，要是真的想從那位美麗的蘿絲小姐手上拿到愛情巧克力，就得先變成像本大爺一樣格調高尚又了解女人心的成熟男性。懂了嗎？知道就快快去進行改造，好能早日重新來過吧。

要是再多說下去的話，
他的間諜身分就要暴露了，
於是全身冒冷汗的
魯多急趕緊說：
「沒錯，沒錯，
您說的是——」
他隨隨便便
應付回答，

哇啊——

決定快速逃離現場。

嘿嘿，在他留下來的高麗菜上面，
加上美乃滋，然後大口吃光光吧。我們要享用囉——
噗嚕嚕巧克力

喂，你們兩個
也順便把這片
噗嚕嚕巧克力
給解決掉吧。
因為本大爺已經有了
蘿絲親手送的、
充滿愛的巧克力。
嘻嘻呵呵。

在一團混亂之中，
有人撿走
魯多急忘記拿走的
另一樣東西，
也就是大頭貼照片。

撿走大頭貼照片的，是變色龍黨的里昂。
他為了尋找顯微膠卷的有關線索，
跑回先前抓住蘿絲的地方調查，
剛巧看到了這一幕。

里昂不經意的將那張大頭貼照片
翻到背面，
這一看——

「什麼！

原來剛剛那個吵吵鬧鬧、名叫佐羅力的男人，他手上的巧克力禮盒，裡頭藏著顯微膠卷。

嘿嘿嘿嘿。」

沒錯，魯多急的筆記中，清清楚楚寫出了顯微膠卷的下落。

太好了，就讓我里昂獨自一人成功拿回顯微膠卷，一舉立下大功吧。

此時，魯多急——

已經回到間諜本部，
並且被蘿絲大聲痛罵。

居然連這麼簡單的差事
也完成不了，
你根本沒資格當間諜。

「可是，我三兩下就順利買到
高麗菜和美乃滋了耶。」

「那是你媽媽交辦的事吧。
而且，兩樣東西你都沒帶回來，不是嗎？
你還說什麼說啊。」

嗚痛痛痛痛

「不過，在我脫口說出『間諜』的時候，我很巧妙的用『堅鐵』兩個字蒙混過去，所以，我沒有暴露間諜的身分喔。」

蘿絲想不到魯多急竟然還能這麼得意洋洋，她忍不住氣得拉住他的耳朵說：

「閉嘴！你這傢伙得快點把事情給我好好善後才行。走，到這邊來。」

①她將魯多急帶往一間佔地廣闊的工廠。
這位是祕密武器開發部的部長艾姆。
部長你好
這個月的開發主題是「間諜的戲夢人生」，我們一起去看看吧。
②這裡表面上是一家生產電器用品的工廠，
缺乏警惕心的敵人，一旦拿起可愛的胖達彈玩起來，球彈就會突然爆裂，讓敵人超驚嚇。
以外表像貓熊的胖達彈來進行作戰
胖達彈
看起來是普通的關東煮，
一旦按下竹籤上的按鈕，
蒟蒻就會立刻結凍變成一件又尖又硬的武器「冰鋼鑽」。
冰鋼鑽
最新產品「空降西瓜機」，只要朝對方拋過去，就會爆裂開來。
空降西瓜機
這一臺機器可以辨別來自對方的食物是否有毒。
這個是安全的放心吃~
這個有毒啊
嘔~
噁魔試毒器
就像你看到的敵人只要這樣一把東西放上去就會啪一聲趴倒而被抓住。
一放……
就趴！
啪！
抓住你

實際上，裡面卻從早到晚不斷研究、開發各種間諜的祕密武器。
咻咻—咻
水槍人滅火器
由於間諜們常常會遇到被敵人抓住後，綁起來用火烤，無處逃命而不知所措的這種狀況，
只要有了這個，就能夠立刻滅火。
只要用這臺機器一指，就能把真金換成假金。
假金手指機
嗶嗶嗶嗶嗶
碰咚
不落谷
黏住～
黏住～
即使就快要被從懸崖推落，只要放上這個樁子，由於樁子上塗了黏黏的東西所以能夠將你緊緊黏住而不會掉下懸崖。
特別推薦給埋伏於荒野，卻又遭受白線斑蚊襲擊導致無法專心工作的間諜。
斑蚊快滾！
雷霆殺蚊機
③而這個為了能成功取回顯微膠卷，即將由魯多急帶走的祕密武器是——

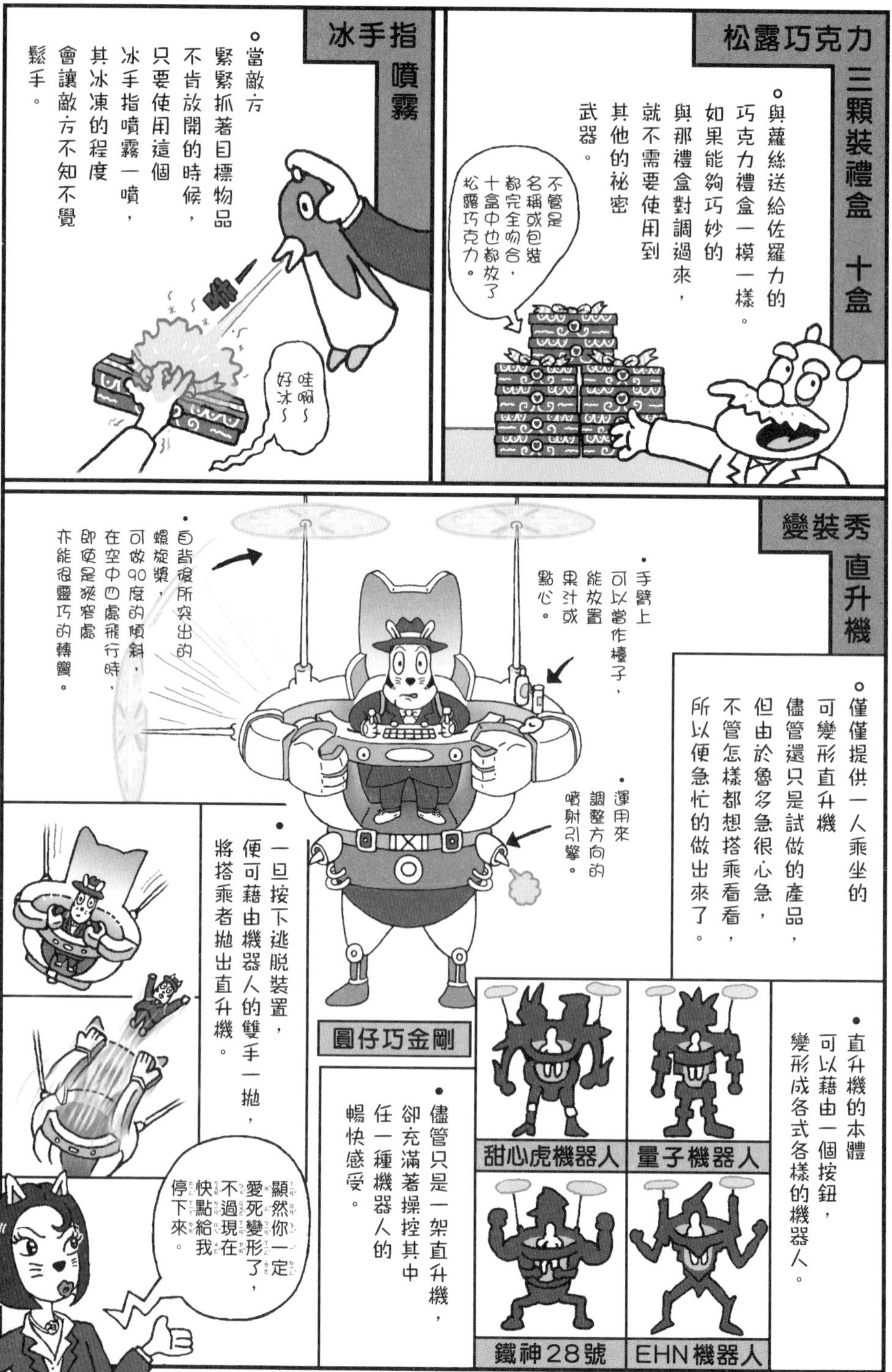
松露巧克力
三顆裝禮盒　十盒
。與蘿絲送給佐羅力的巧克力禮盒一模一樣。如果能夠巧妙的與那禮盒對調過來，就不需要使用到其他的祕密武器。
不管是名稱或包裝都完全吻合，十盒中也都放了松露巧克力。
冰手指噴霧
。當敵方緊緊抓著目標物品不肯放開的時候，只要使用這個冰手指噴霧一噴，其冰凍的程度會讓敵方不知不覺鬆手。
咻—
哇啊～好冰～
變裝秀直升機
。僅僅提供一人乘坐的可變形直升機儘管還只是試做的產品，但由於魯多急很心急，不管怎樣都想搭乘看看，所以便急忙的做出來了。
•手臂上可以當作檯子，能放置果汁或點心。
•自背後所突出的螺旋槳，可做90度的傾斜，在空中四處飛行時，即使是狹窄處亦能很靈巧的轉彎。
•運用來調整方向的噴射引擎。
•一旦按下逃脫裝置，便可藉由機器人的雙手一拋，將搭乘者拋出直升機。
圓仔巧金剛
•直升機的本體可以藉由一個按鈕，變形成各式各樣的機器人。
甜心虎機器人
量子機器人
鐵神28號
EHN機器人
•儘管只是一架直升機，卻充滿著操控其中任一種機器人的暢快感受。
顯然你一定愛死變形了，不過現在快點給我停下來。

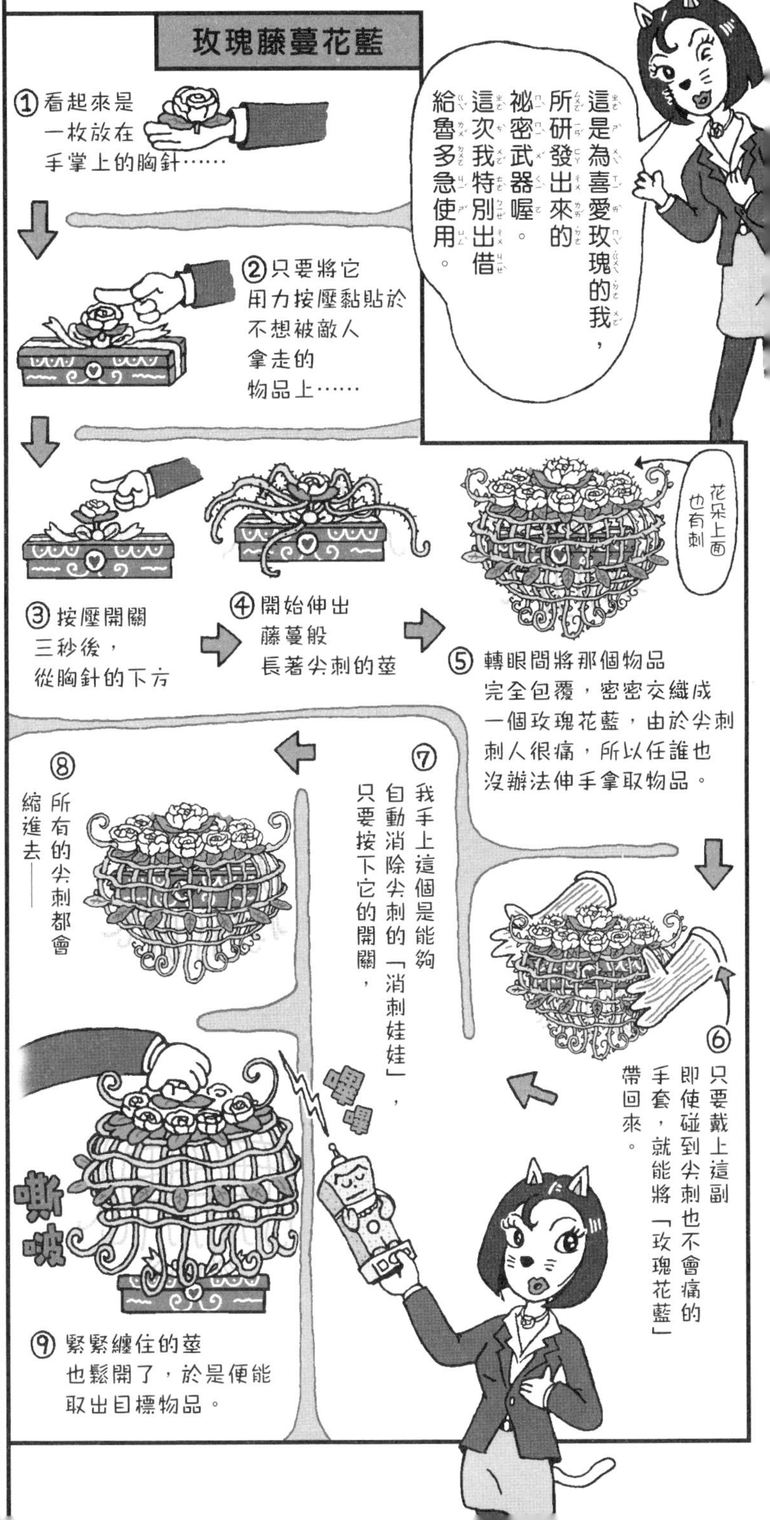
這是為喜愛玫瑰的我，所研發出來的祕密武器喔。這次我特別出借給魯多急使用。
玫瑰藤蔓花籃
①看起來是一枚放在手掌上的胸針……
②只要將它用力按壓黏貼於不想被敵人拿走的物品上……
③按壓開關三秒後，從胸針的下方
④開始伸出藤蔓般長著尖刺的莖
⑤轉眼間將那個物品完全包覆，密密交織成一個玫瑰花籃，由於尖刺刺人很痛，所以任誰也沒辦法伸手拿取物品。
花朵上面也有刺
⑥只要戴上這副手套，即使碰到尖刺也不會痛的，就能將「玫瑰花籃」帶回來。
⑦我手上這個是能夠自動消除尖刺的「消刺娃娃」，只要按下它的開關，
⑧所有的尖刺都會縮進去——
嗶嗶
嘶啵
⑨緊緊纏住的莖也鬆開了，於是便能取出目標物品。

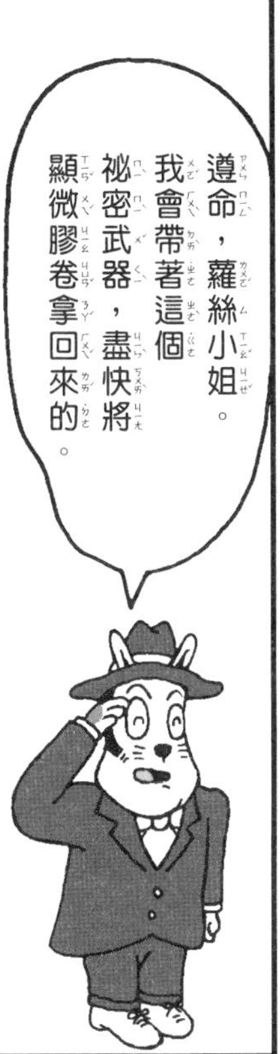
遵命，蘿絲小姐。我會帶著這個祕密武器，盡快將顯微膠卷拿回來的。

魯多急立刻回到佐羅力他們所在的地方，一看——

糟了！已經知道顯微膠卷藏在哪裡的里昂，
正要從佐羅力手上搶走巧克力禮盒。

「嘖，把這麼重大的祕密
攤在陽光下的，到底是哪裡來的
笨探員哪。」

魯多急趕緊拿出祕密武器
冰手指噴霧，朝著
互相搶奪著巧克力的兩人
手指一噴。

好冰啊！

隨後趁著兩人鬆手的空檔，
一把搶走巧克力，
匆匆忙忙逃走了。
伊豬豬和魯豬豬
朝著魯多急猛撲過去，
卻僅僅碰到他的鞋子而已，
儘管很不甘心，
卻讓魯多急逃脫成功
不過，才一會兒，

魯多急就因為踩到自己鬆掉的鞋帶，
狠狠摔倒在地上。
佐羅力他們追過來一看，
發現魯多急身邊散落著許多巧克力禮盒。
準備用來偷天換日的
巧克力禮盒，
全部從魯多急的西裝裡
飛出來散落了一地。
這麼一來，

就沒辦法分辨出
哪個才是佐羅力的
巧克力禮盒。
魯多急對佐羅力說：
「嘿，不管是哪一盒
都一樣是巧克力喔，
你可以挑一盒喜歡的帶走。」
魯多急認為即使是佐羅力，
也不知道哪一盒才是原本的巧克力。

嘻嘻呵呵。當然不會每一盒都一樣，那可是充滿蘿絲小姐的愛的禮物哪。正因為這是本大爺很珍貴的東西，所以，你看，我還在這裡寫上自己的名字。
真不愧是佐羅力大師啊。
大家也請記得在自己貴重的東西寫上名字，就不會出問題啦。
佐羅力

正當佐羅力將禮盒拿起來的那一刻，里昂突然從地面冒出來，
咿霞咿霞哈啊
噴出臭烘烘的氣體。
趁著佐羅力摀住鼻子時，
嗚噁！
佐羅力

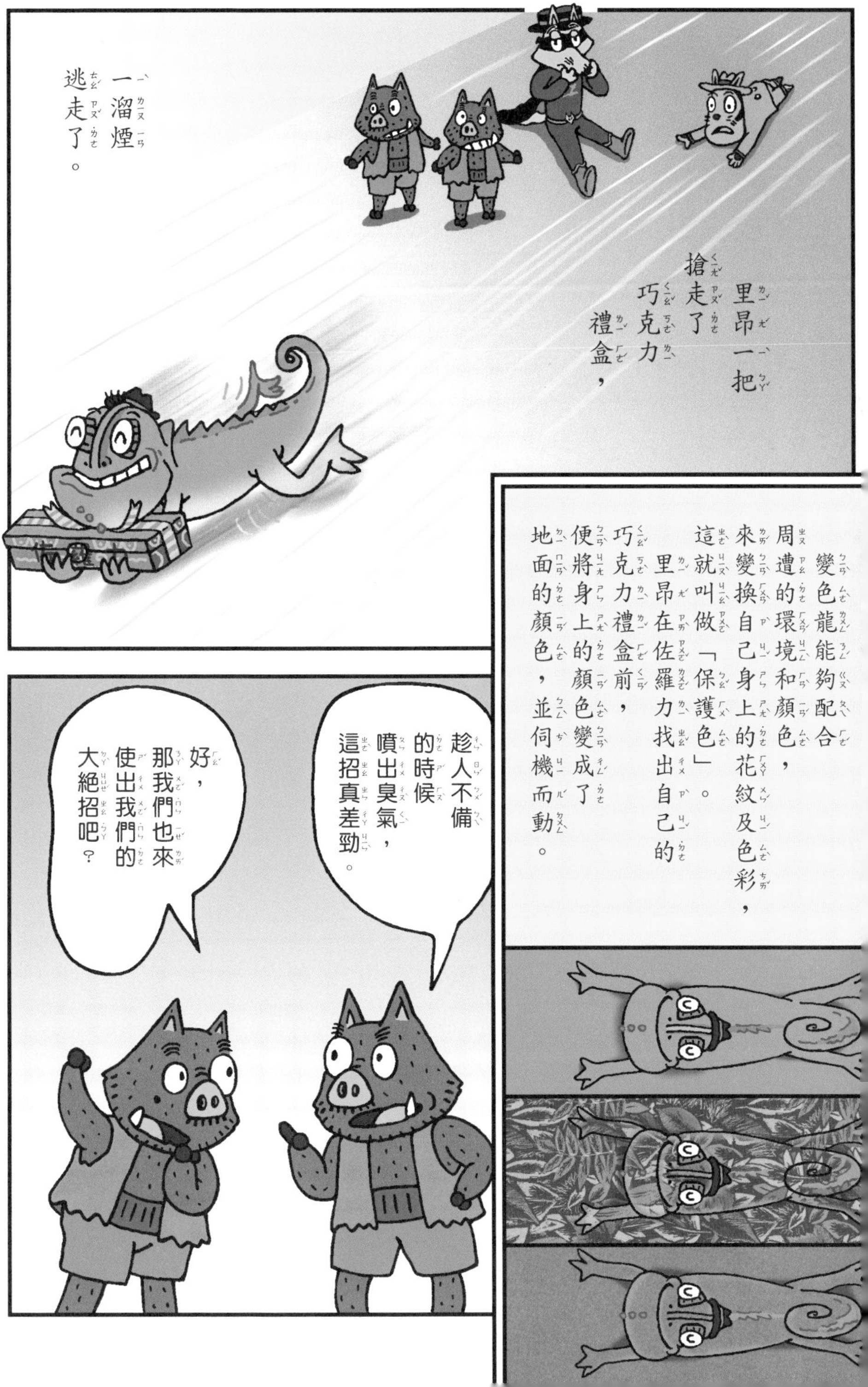
里昂一把搶走了巧克力禮盒，
一溜煙逃走了。
變色龍能夠配合周遭的環境和顏色，來變換自己身上的花紋及色彩，這就叫做「保護色」。里昂在佐羅力找出自己的巧克力禮盒前，便將身上的顏色變成了地面的顏色，並伺機而動。
趁人不備的時候噴出臭氣，這招真差勁。
好，那我們也來使出我們的大絕招吧？

伊豬豬和魯豬豬朝著里昂的方向，高高翹起了屁股。

但是不知道為了什麼原因，佐羅力竟張開雙臂擋在兩人面前。

「不行，不行，那是本大爺打算

一邊感受蘿絲小姐的愛，
一邊細細品嚐的珍貴巧克力，
要是沾上臭屁的臭味，那可不行。
這次就把你們的
臭屁封鎖住，
別放出來吧。」

正當他們三人
像這樣各有各的意見時，
里昂已經趁機逃進森林了。

請各位爸爸媽媽還有老師們可以儘管放心喔。
這一次，佐羅力的故事將會變得很有品味啦。

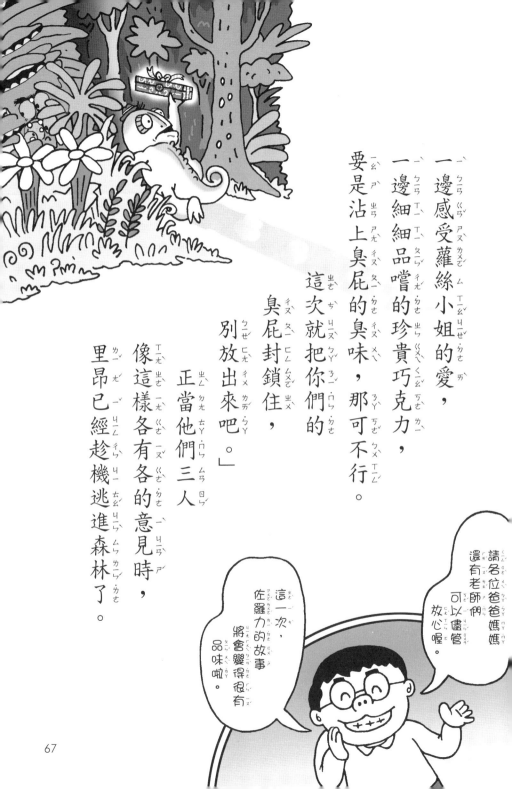

對變色龍來說，森林是個很容易藏身的地方。
所以，一旦被他逃進森林裡，就很難將他找出來。
然而……
請將垃圾丟進垃圾桶裡
如果噴臭屁的話，應該就可以把他逼出來了~
不行、不行，絕對、絕對不行。

佐羅力開始以他銳利的目光掃過森林，尋找里昂。

而且，他們三個還想到很有趣的點子，也立刻付諸行動。

那就是——

大家也都能找出里昂在哪裡嗎？

除了變色龍以外，森林裡還藏著各式各樣的生物，別被誤導了喔。

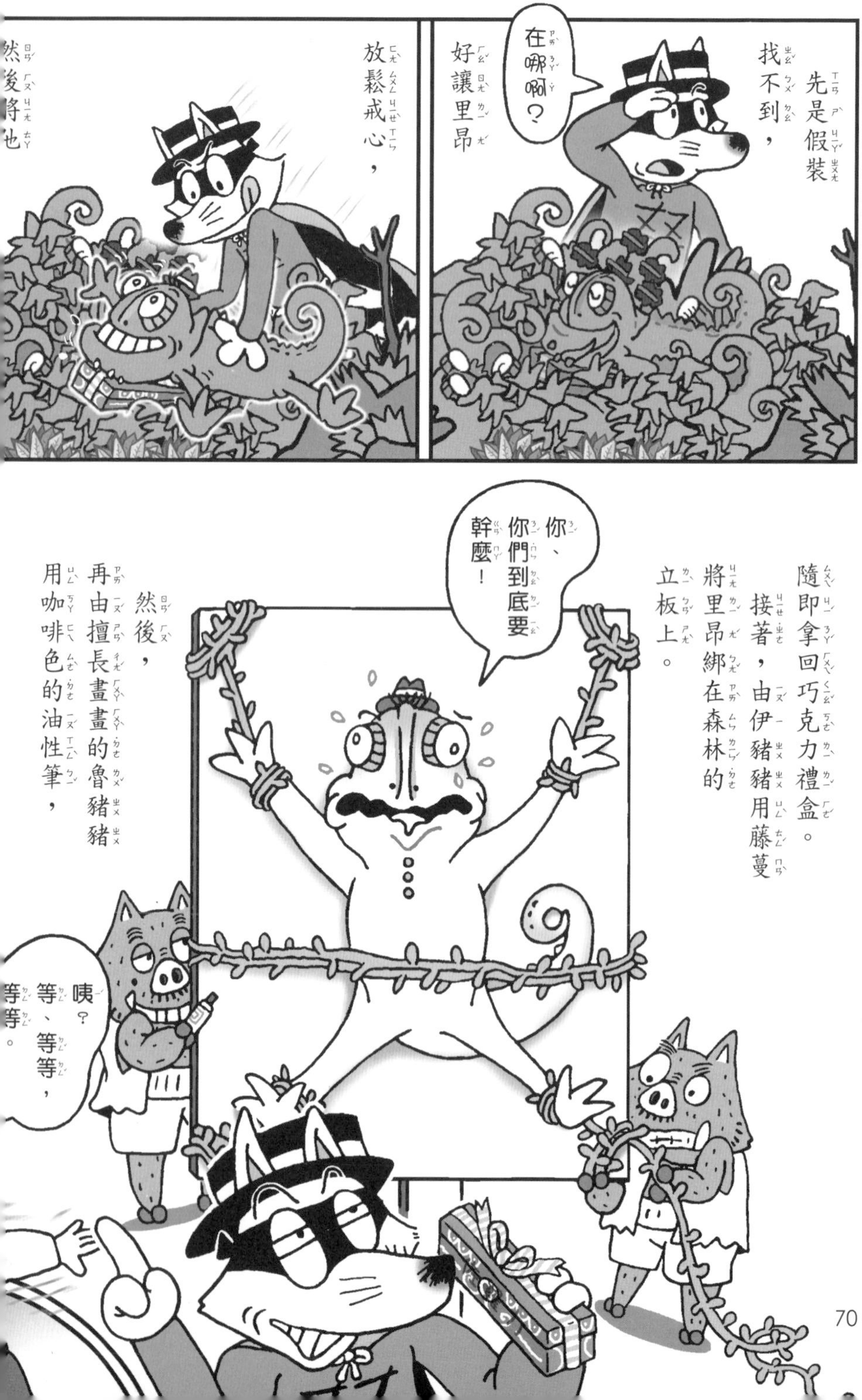
先是假裝找不到，
在哪啊？
好讓里昂
放鬆戒心，
然後將他
隨即拿回巧克力禮盒。
接著，由伊豬豬用藤蔓將里昂綁在森林的立板上。
你、你們到底要幹麼！
然後，再由擅長畫畫的魯豬豬用咖啡色的油性筆，
咦？等、等等，等等。

在立板上面畫出一大堆的「便便圖案」，於是，里昂的身上也會浮現出「便便圖案」啦。

哇！好丟臉哪，快住手——
嘻嘻呵呵，這個點子很不錯吧？利用他的保護色來整他。
這樣不是比平常還要來得更沒水準嗎？這下麻煩啦！

佐羅力看著里昂那可憐兮兮的模樣，大笑著說：

各位親愛的好孩子，雖然比較費事一點，但是為了不讓大人看到，請沿虛線 ---- 摺起來密密的蓋住這一頁。

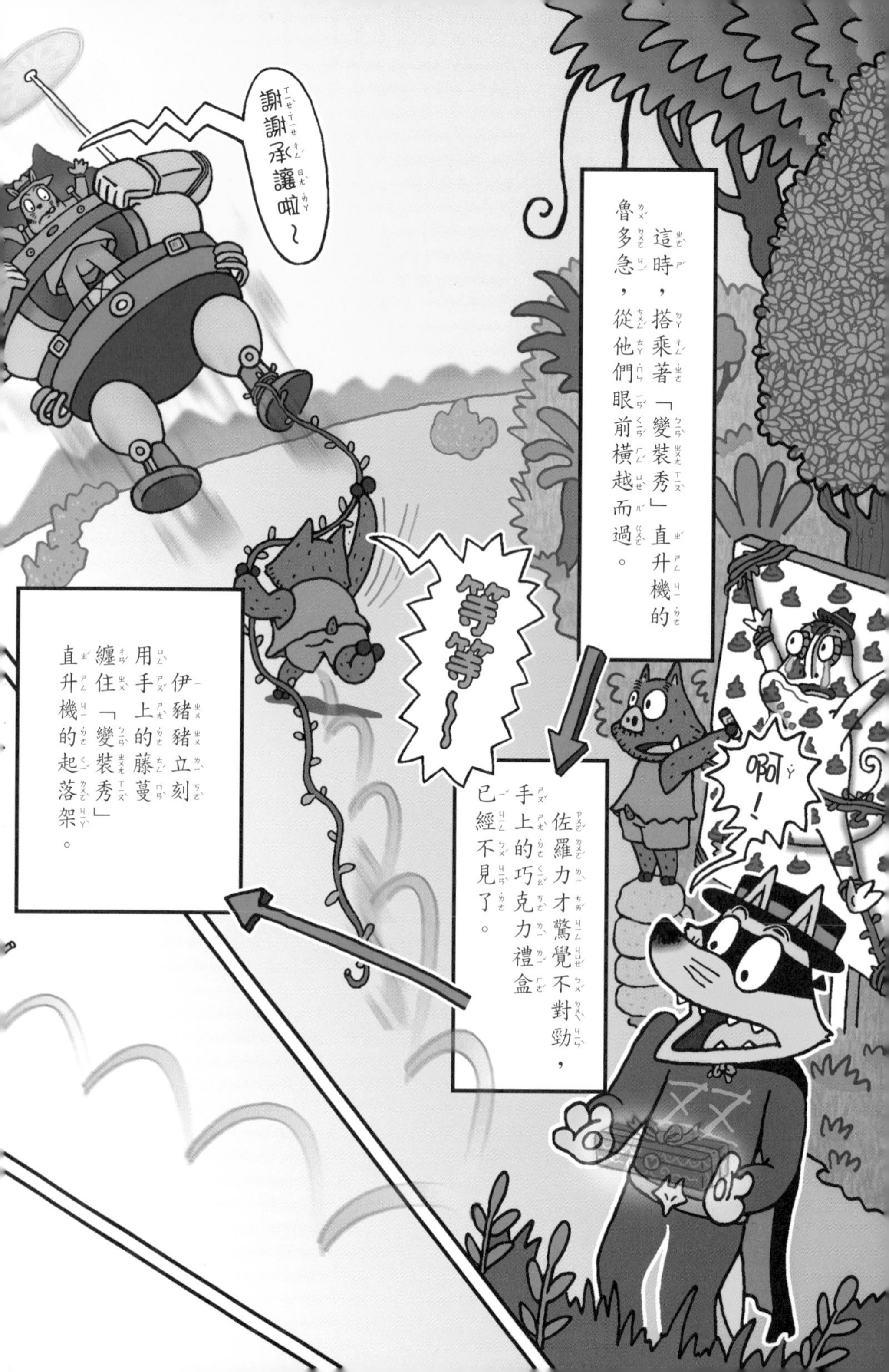

這時，搭乘著「變裝秀」直升機的魯多急，從他們眼前橫越而過。
謝謝承讓啦～
等等～！
佐羅力才驚覺不對勁，手上的巧克力禮盒已經不見了。
啊！
伊豬豬立刻用手上的藤蔓纏住「變裝秀」直升機的起落架。

魯豬豬和佐羅力也一起攀上垂下的藤蔓。
魯多急完全沒注意到，他駕著「變裝秀」直升機，往空中高高飛去。
佐羅力為了拿回巧克力，開始沿著藤蔓往上爬——

「把巧克力還給我啊——」

佐羅力愈來愈逼近魯多急了。

「哇——沒想到你竟然能夠

追到這邊來了——

好，我就讓你碰不得這個盒子。」

魯多急戴好了手套，

將蘿絲借給他的祕密武器

「玫瑰藤蔓花籃」，

黏貼在盒子上。

當魯多急
按下開關的
同時，
爬上「變裝秀」
直升機的
佐羅力正好伸手抓住盒子。
轉眼間，

玫瑰花快速生長出來的莖幹，不只纏繞住巧克力禮盒，

而且連同佐羅力的手也一起包裹住了。

魯多急連忙以戴上手套的手，企圖將巧克力禮盒連同「玫瑰藤蔓花籃」，從佐羅力那兒搶回來，但是佐羅力不讓魯多急得逞，他揮舞的手直接打中魯多急的臉！

「哇啊，好痛啊！
間諜的工作好艱難哪。」
魯多急帶著哭聲喊道。
「咦？間諜？」
佐羅力反問魯多急。
「不、不是，我是說，
我的臉被『尖鐵』戳到了，
痛死啦。」
魯多急拚命的掩飾。
因為就算賠上性命，
也不能暴露自己的間諜身分啊！
「我、我先失陪了。」
魯多急匆匆忙忙按下脫逃按鈕——

他整個人
因此被拋往空中。
就在這時，
佐羅力正好被魯多急撞上，
導致他與魯多急一起
從「變裝秀」直升機
被拋向空中。
魯多急身上
有降落傘的配備，
但佐羅力沒有。

哇啊～

魯豬豬

朝著

往地面摔落的

佐羅力，

拋出了藤蔓。

真是千鈞一髮啊。

那條藤蔓

纏住「玫瑰藤蔓花籃」，

因而拯救了佐羅力。

他們卻還無法就此鬆一口氣。

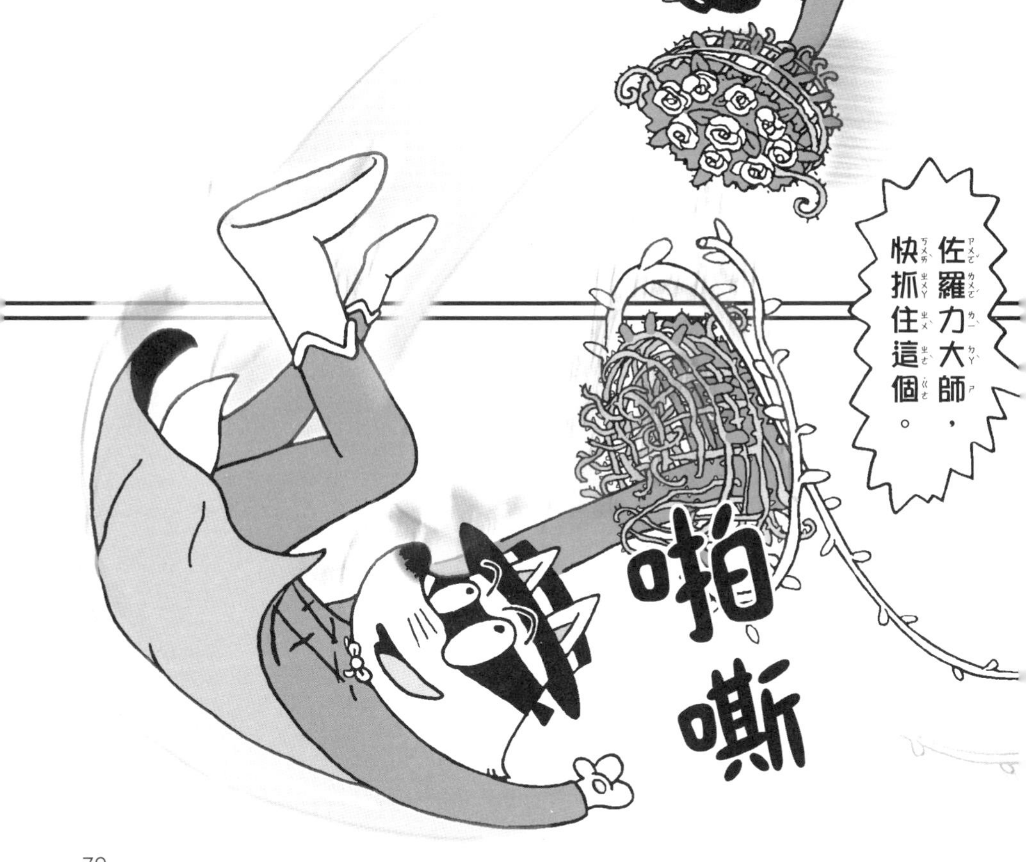
佐羅力大師，
快抓住這個。
啪嘶

沒人駕駛的「變裝秀」直升機，搖搖晃晃的到處亂飛。

藤蔓受到劇烈的晃動，在這種情況下要沿著藤蔓爬上駕駛座，實在非常危險。

飛航過程中，燃料也因為大量消耗而用光，導致「變裝秀」直升機突然開始下墜。

下方
鋪展著厚厚的雲層。

雲層中如果有暴風雨吹襲的話，

被吊在藤蔓上的佐羅力他們，一定撐不住的。

「會被吹走的。」佐羅力對伊豬豬、魯豬豬大喊。

就在他內心有了這樣的覺悟，

此時「變裝秀」直升機正好衝進雲層中。

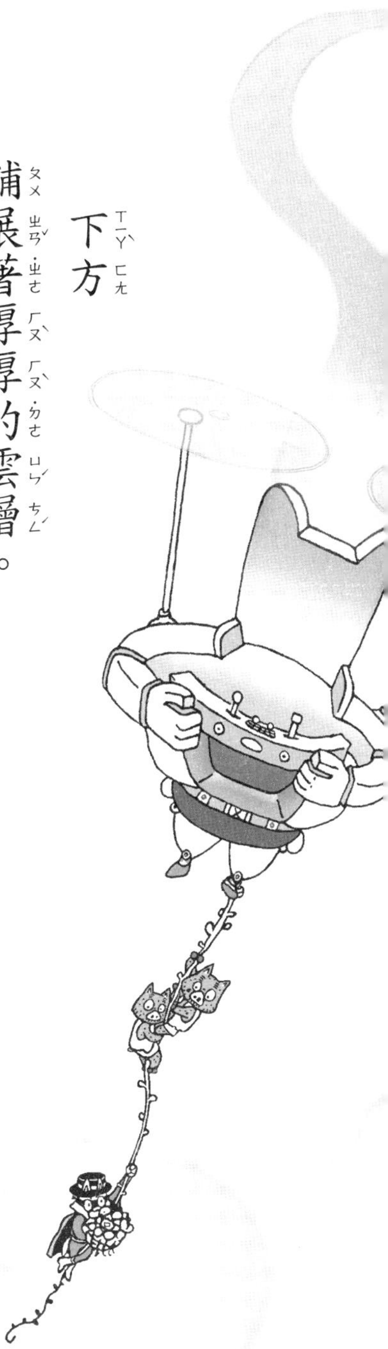

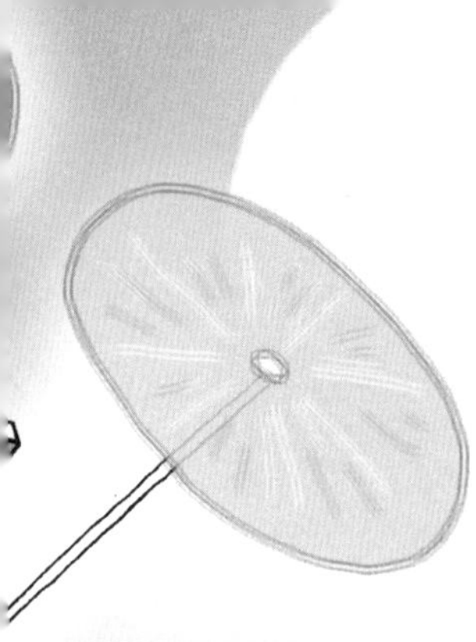

不過，厚厚的雲層中
一點風雨也沒有。
然而穿過雲層之後，
出現在眼前
佔據了他們全部視線的，
卻是一個巨大的火山口。
他們所以為的雲層，
其實是從火山口冒出的
煙霧。

可怕的是，

燃料已經用盡的「變裝秀」直升機，正直直的朝向火山口往下墜。

接著——

他們的運氣真好，「變裝秀」直升機正好卡在火山口邊緣所突出的岩石中。

「呼——」

伊豬豬長長吐出一口氣，但是他們還沒完全脫離險鏡。

只要抬頭往上一看——

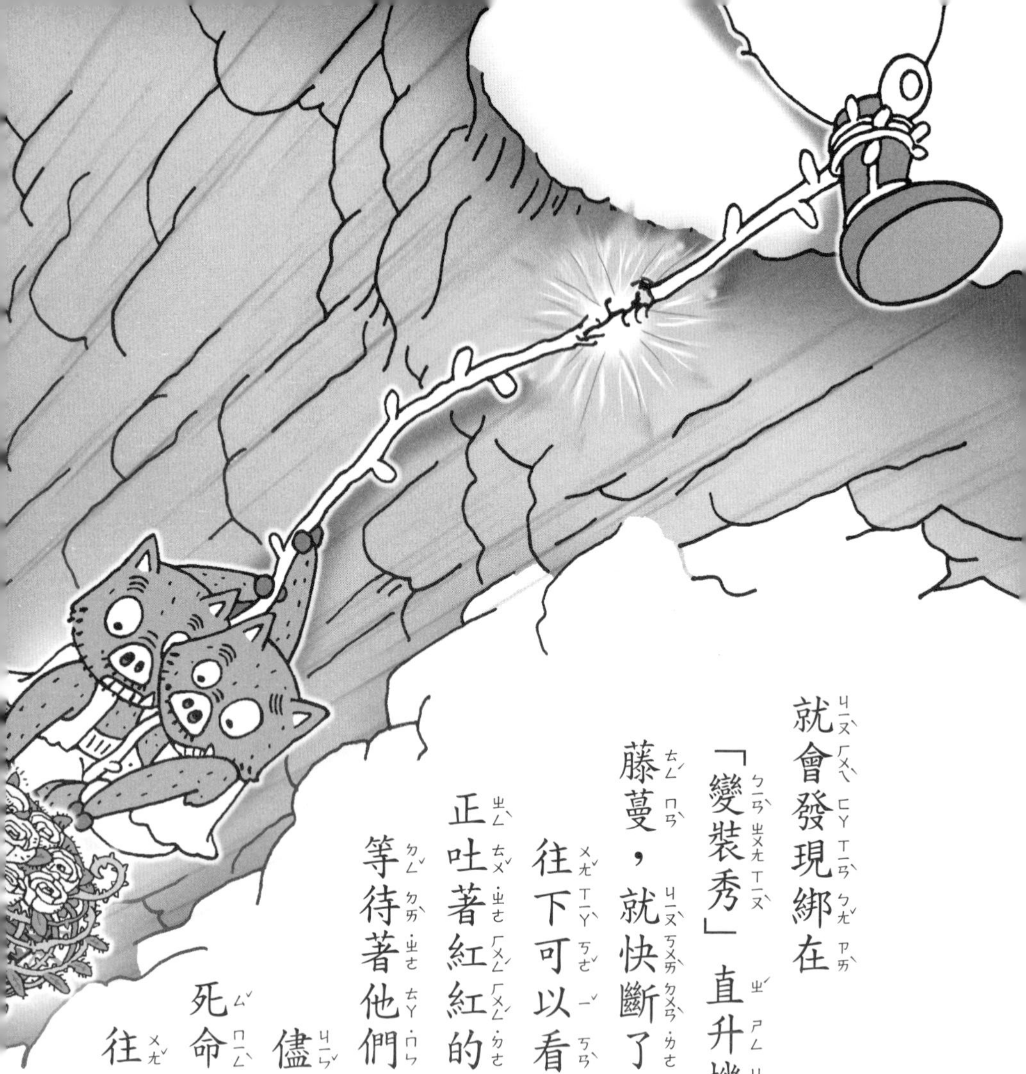

就會發現綁在
「變裝秀」直升機起落架上的
藤蔓，就快斷了。
往下可以看到火山口的岩漿
正吐著紅紅的舌頭，
等待著他們三人。
儘管伊豬豬和魯豬豬
死命的想把佐羅力
往上拉。

偏偏佐羅力的手被『玫瑰藤蔓花籃』的藤蔓整個纏繞住，連碰都碰不著。

火山的溫度好像要把巧克力融化了。不，不只如此，要是就這樣掉進火山口，連本大爺也要融掉啦。

正當佐羅力已經快要死心時——

蘿絲駕駛著直升機從空中翩然降臨，並且把繩梯垂降下來。

三人立刻往上跳，抓住繩梯，

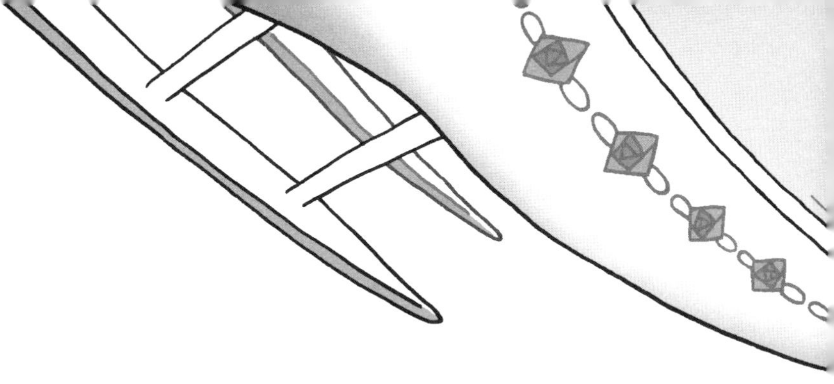

直升機也隨即加速往上飛去。

當然，蘿絲是聽了魯多急的報告後，

特別趕來想救回顯微膠卷的。

不過，對佐羅力來說，

他與蘿絲的二度相遇，

真是太有戲劇性啦。

「蘿絲小姐果真是

我的真命天女啊！」

他以輕柔的語氣——

對著看起來就像女神的蘿絲說道。

「佐羅力先生，讓我為你去除纏繞的玫瑰刺，來，把手伸過來。」

佐羅力乖乖照著蘿絲的話，伸出右手，不一會兒，玫瑰刺就紛紛縮進去不見了，纏繞的莖幹也鬆脫了。

就如同大家所知道的，這個「玫瑰藤蔓花籃」是蘿絲的祕密武器。

所以，她只是在佐羅力看不到的地方，

有關蘿絲的祕密武器，如果有人不記得了，請翻到59頁再看一次。

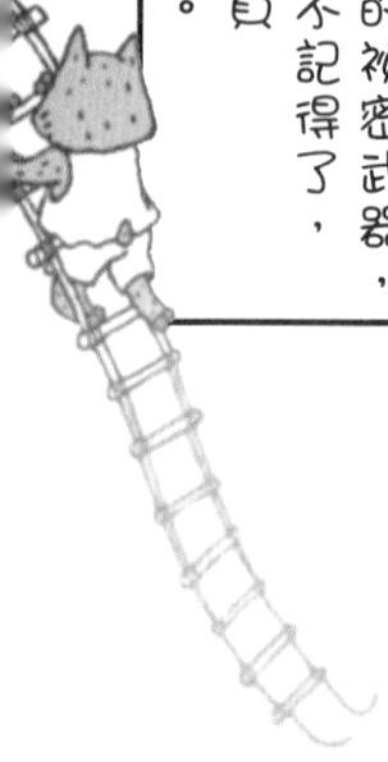

按下「消刺娃娃」的開關而已。

佐羅力卻一心認為，是蘿絲愛的力量，讓像藤蔓一樣的玫瑰莖幹從他的手上鬆脫。

當蘿絲要從佐羅力的手中拿起「玫瑰藤蔓花籃」時——

卻因為佐羅力
只抓住巧克力禮盒的盒蓋，
所以，「咻」的，
下方盒子鬆脫了，
接著一歪，
裡頭的
三顆
松露
巧克力

便飛了出去。

應該是因為拿在佐羅力手裡太久了，導致蝴蝶結鬆開，連黏貼的標籤也脫落了。

佐羅力竭盡所能安慰蘿絲說：

「別擔心，本大爺絕對不會白白浪費掉妳送給我的禮物。」

接著，他便急急忙忙將嘴巴往前翹，並將尾巴朝著巧克力掉落的方向伸長出去。

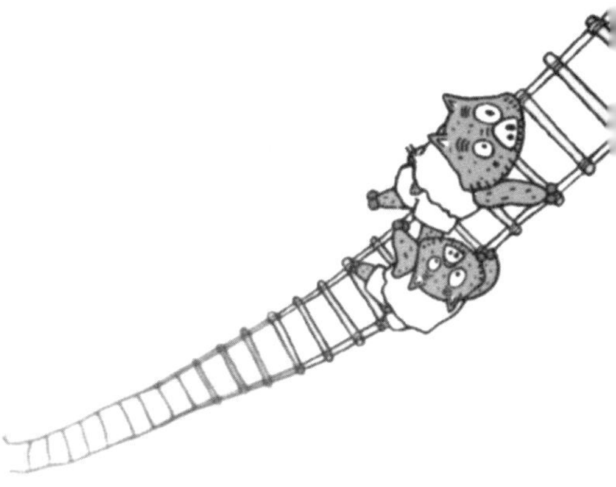

第一顆巧克力順利的被尾巴接住，掃進佐羅力嘴裡，不過遺憾的是，剩下的兩顆巧克力卻被高高翹起的鼻子彈開，沒有吃到。

佐羅力放聲大叫：

「喂！

伊豬豬、魯豬豬，
本大爺那兩顆貴重的
松露巧克力掉下去了，
你們一定要接住啊。
拜託了。」

「是，遵命——」

「交給我們了——」

他們以宏亮有力的聲音回答道。

這麼一來就可以放心了。

他們兩個張大了
自己的鼻孔，
用力的吸住掉下來的
兩顆巧克力。

佐羅力大師，我們都好好的接住了，請放心。
等一下再交給你喔——
嘶啵
嘶啵

佐羅力看到這情景，
立刻決定讓兩人將巧克力吃掉。

呃，那兩顆巧克力就給你們吃吧……

巧克力都掉進他們的鼻孔裡了，佐羅力哪裡還會想吃呢？

「真的嗎？那我們吃囉——」

他們兩個就這樣將巧克力從鼻孔中移動到嘴巴裡，吃得津津有味。

這下子，顯微膠卷不曉得落入三人當中誰的肚子裡了。

女間諜蘿絲當然不會就此放棄。

於是——

蘿絲將他們三人關在旅館中，與魯多急一起監視著，等待顯微膠卷出現。
由於我的巧克力，造成了各位諸多的困擾。為了表達歉意，請你們在這間旅館內好好的休息吧。
還有，由於我們很擔憂各位的身體狀況，要是有誰想去上廁所，請馬上通知我一聲。
前輩，說是等著顯微膠卷出現，但其實是等著真命天子出現吧。
喂，你那是什麼表情啊！愛耍嘴皮子！
啪！
走，我要過去向他們說明，你一起來。

哪裡會有什麼困擾呢，我們三人能夠吃到美味的巧克力，很幸福呢。你們說是吧……
嘻哈哈哈哈哈哈哈哈
是啊，作夢也想不到能夠品嚐到這麼高級的巧克力呢。
嚐起來還有一點點鹹味呢。

當三人開心的放聲大笑時，蘿絲的眼中突然閃過一陣光芒。

她發現了卡在佐羅力牙齒間的顯微膠卷。
「唉呀，佐羅力先生，
您的牙齒要是沒清乾淨的話，
可糟蹋了您這位大帥哥的帥氣啦。
請原諒我的無禮喔。」
蘿絲假裝用牙籤輕輕的
幫佐羅力剔除牙縫間的殘渣，
藉此將顯微膠卷拿到手。
她就這樣順順利利完成任務啦。

由於蘿絲
實在太高興了，
因而擁抱住
佐羅力，
抱緊

哈啊～
蘿絲小姐
身上的玫瑰香
好好聞哪。

並在他的臉頰上印上輕輕的一吻。

由於事出突然，佐羅力霎時紅了臉，彷彿置身夢中。

過了好一會兒他才回過神來，發現蘿絲早已消失得無影無蹤了。

蘿絲既然已經完成任務，當然要趕回間諜本部啦。

然而，完全誤會了蘿絲意思的佐羅力，這麼說道：

蘿絲小姐一定是因為不假思索的就做出那麼大膽的事，所以很不好意思的跑走了。好，為了回報她的愛，本大爺將在白色情人節當天，帶著她最愛的玫瑰100朵，去向她告白，請求她嫁給我！
喂，伊豬豬，記得好好的向魯多急問清楚她的公司地址喔。

遵命。
喂，魯多急，你們公司是做什麼的？地點在哪裡呢？
是那個、間諜……啊，不是啦。我覺得這次的戀情沒辦法發展成「鶼鰈」情深，真是好遺憾呀。
那是因為你和蘿絲小姐的戀情告吹了，所以才會有這種感覺吧。不過，佐羅力大師也經歷過很多很多次失戀，你去談談看嘛，一定可以從他那裡得到好建議的。
啊、啊……那、那個，這是我公司的名片。我可以回去了吧。
……所以，這個故事將在《神祕間諜與100朵玫瑰》中繼續發展。到底佐羅力的戀情會如何呢？請各位一定要追到底喔。

作者簡介

原裕 Yutaka Hara

一九五三年出生於日本熊本縣，一九七四年獲得KFS創作比賽「講談社兒童圖書獎」，主要作品有《小小的森林》、《手套火箭的宇宙探險》、《寶貝木屐》、《小咪出門買東西》、《我也能變得和爸爸一樣嗎？》、【輕飄飄的巧克力島】系列、【膽小的鬼怪】系列、【菠菜人】系列、【怪傑佐羅力】系列、【鬼怪尤太】系列、【魔法的禮物】系列等。

譯者簡介

周姚萍

兒童文學創作者、譯者。著有《我的名字叫希望》、《山城之夏》、《妖精老屋》、《魔法豬鼻子》等作品。譯有《大頭妹》、《四個第一次》、《班上養了一頭牛》、《那記憶中如神話般的時光》等書籍。曾獲「文化部金鼎獎優良圖書推薦獎」、「聯合報讀書人最佳童書獎」、「幼獅青少年文學獎」、「國立編譯館優良漫畫編寫」、「九歌年度童話獎」、「好書大家讀年度好書」、「小綠芽獎」等獎項。

國家圖書館出版品預行編目資料

怪傑佐羅力之神祕間諜與巧克力
原裕 文、圖；周姚萍 譯 --
第一版. -- 台北市：親子天下, 2018.04
104 面 ;14.9x21公分. --（怪傑佐羅力系列；49）
譯自：かいけつゾロリなぞのスパイとチョコレート

ISBN 978-957-9095-36-5（精裝）
861.59　　107001068

怪傑佐羅力系列 49

怪傑佐羅力之神祕間諜與巧克力

作者｜原裕（Yutaka Hara）
譯者｜周姚萍
責任編輯｜陳毓書
特約編輯｜游嘉惠
美術設計｜蕭雅慧
行銷企劃｜高嘉吟

天下雜誌群創辦人｜殷允芃
董事長兼執行長｜何琦瑜
兒童產品事業群
副總經理｜林彥傑
總編輯｜林欣靜
主編｜陳毓書
版權主任｜何晨瑋、黃微真

出版者｜親子天下股份有限公司
地址｜台北市 104 建國北路一段 96 號 4 樓
電話｜（02）2509-2800
傳真｜（02）2509-2462
網址｜www.parenting.com.tw

讀者服務專線｜（02）2662-0332
週一～週五：09：00～17：30
讀者服務傳真｜（02）2662-6048
客服信箱｜parenting@cw.com.tw
法律顧問｜台英國際商務法律事務所・羅明通律師
製版印刷｜中原造像股份有限公司
總經銷｜大和圖書有限公司
電話｜（02）8990-2588

出版日期｜2018 年 4 月第一版第一次印行
2022 年 10 月第一版第十三次印行
ISBN｜978-957-9095-36-5（精裝）
書號｜BKKCH017P
定價｜300 元

訂購服務
親子天下 Shopping｜shopping.parenting.com.tw
海外・大量訂購｜parenting@cw.com.tw
書香花園｜台北市建國北路二段 6 巷 11 號
電話｜（02）2506-1635
劃撥帳號｜50331356 親子天下股份有限公司

在第68、69頁躲藏在森林中
的里昂，很快就被你找到了嗎？
森林裡還藏著許多其他的動物。
如果你都發現了，
那你可以說和本大爺一樣，
是個「很會找天才」喔。
藏在森林裡的動物，比想像中的還要多很多耶。
怎麼樣，很難吧？嘻嘻呵呵。